SAGEN aus FRANKEN

SAGEN aus FRANKEN

Von Geistern, Gold und wilden Rittern

Susanne Rebscher

illustriert von Sibylle Vogel

Emons

Inhaltsverzeichnis

Franken

Rhön
Fränkische Saale
Münnerstadt
Burg Altenstein
Coburg
Kirche Vierzehnheiligen
Bad Staffelstein
Frankenwald
Kronach
Plassenburg Kulmbach
Saale
Fichtelgeb
Ochsenkopf
Spessart
Aschaffenburg
Main
Mespelbrunn
Burg Wildenstein Eschau
Schweinfurt
Main
Haßberge
Zabelstein
Hallburg/ Volkach
Fränkisches
Obeses Maintal
Bayreuth
Bamberg
Ailsbachtal / Ailsfeld
Regnitz
Rothenbühl Ebermannsstadt
Schenken-schloss
Würzburg
Steigerwald
Odenwald
Amorbach
Weinland
Fränkische Schweiz
Riesenfelsen von Falkendorf
Aisch
Pegnitz
Fürth
Kaiser-Karl-Berg
Nürnberg
Rothenburg ob der Tauber
Tauber
Dinkelsbühl
Naturpark Altmühltal
Altmühl
Stadt
Berg, See
Burg, Ruine

Vorwort

Dunkle Wälder, Höhlen, Schluchten und einsame Burgen, aber auch einige größere Städte, in denen viele verschiedene Menschen lebten – das war das Franken vor Hunderten von Jahren. Die Menschen waren sehr gläubig und gleichzeitig auch abergläubisch. Viele ungewöhnliche Ereignisse, die in einem Dorf, auf einer Burg oder in einer Stadt passierten, wurden deshalb mit wundersamen Geschichten verknüpft und dann von Mensch zu Mensch und von Ort zu Ort weitergesponnen. Daraus entstanden Sagen, die schließlich aufgeschrieben wurden. Auch wenn die Geschichten zum größten Teil erfunden sind, steckt doch immer noch ein Körnchen Wahrheit darin. So erfährst du einiges über die Menschen in Franken und ihre Lebensweise damals.

Dieses Buch enthält Nacherzählungen einiger der zahlreichen fränkischen Sagen. Sie nehmen dich auf eine spannende Zeitreise mit, auf der du unter anderem einem Kaiser, einem Fürstbischof, mehreren unglücklichen Geistern und Schlangen sowie einer edelmütigen Katze begegnen wirst. Nicht alle Geschichten gehen gut aus ... aber das kannst du selbst nachlesen! Und wenn du Lust hast, statte den Orten, von denen diese erstaunlichen Sagen berichten, doch einmal einen Besuch ab!

Viel Spaß bei deiner Abenteuerreise in die fränkische Sagenwelt!

Susanne Rebscher

Drei Zitronen im Paket

Im tiefen Spessartwald tummelten sich früher des Öfteren vornehme Herren, die auf die Jagd gingen. So auch der Kurfürst von Mainz. Bei einem dieser Ausflüge machte dieser mit seinem Gefolge eine Pause in einem kleinen Tal mit uralten Bäumen und einem Quellbrunnen. Dem Kurfürsten gefiel der Ort sehr.

Da sprach einer seiner Begleiter: »Wenn Euch dieser Platz so gut gefällt, dann gebt mir das Stück Land! Ich baue hier ein schönes Schloss, in dem Ihr stets willkommen sein werdet.«

Dieser Vorschlag gefiel dem Kurfürsten, und er erfüllte dem Ritter seinen Wunsch.

Der Ritter, der aus der Familie des Geschlechts der Echter stammte, baute wie versprochen an besagter Stelle ein Schloss. Er nannte es »Mespelbrunn« nach dem Quellbrunnen und den vielen Mispelbäumen dort. Der Ritter hieß von da an Echter von Mespelbrunn.

Die Familie Echter von Mespelbrunn wurde reich, mächtig und berühmt. Ein besonders berühmtes Familienmitglied war Julius Echter von Mespelbrunn: Er war Bischof zu Würzburg und Herzog in Franken!

Julius Echter, der inzwischen in Würzburg lebte, hatte leider keine Kinder, die seinen Besitz hätten erben können. Aber seine Nichte, die im Schloss Mespelbrunn wohnte, hatte ihn zum Paten ihres Sohnes ernannt. Damit sein Vermögen nicht in falsche Hände kam, falls er plötzlich sterben sollte, beschloss der Bischof, ein Testament aufzusetzen. Sein Patenkind sollte alles erben.

Sofort setzte er sich hin und schrieb das Testament zweimal nieder. Eine der Schriften behielt er. Die andere verstaute er sorgfältig gefaltet in einer Schachtel und deckte sie mit einem weiteren Bogen Papier zu. Darauf legte er drei Zitronen. Dann versiegelte er die Schachtel und schickte sie mit einem Boten zum Schloss Mespelbrunn, damit seine Nichte von dem Testament erfuhr.

Die Nichte nahm die Schachtel entgegen und öffnete sie. »Was soll ich mit drei Zitronen?«, fragte sie verwirrt. War das als Scherz oder als Beleidigung von ihrem Onkel gedacht?

Der Bote konnte ihr keine Antwort geben. Also schickte sie ihn und das Paket mit den drei Zitronen wieder zurück zum Bischof.

Julius Echter war sehr erstaunt, als die Schachtel mit dem Boten wieder bei ihm auftauchte. Er versiegelte sie ein zweites Mal und ließ den Boten nach Mespelbrunn zurückreiten.

Seine Nichte konnte es nicht fassen, als der Bote erneut an ihre Tür klopfte, und wurde ärgerlich. Trotzdem öffnete sie die Schachtel und schnitt sogar eine Zitrone auf. Vielleicht enthielt die Frucht ein Geheimnis? Doch in der Zitrone waren nur Fruchtfleisch und Kerne zu finden. Die wütende Nichte drückte dem Boten die Schachtel wieder in die Hand, und dieser ritt zurück nach Würzburg.

Verwundert, aber geduldig legte Julius Echter drei frische Zitronen in die Schachtel und entsandte seinen Boten ein drittes Mal mit dem Testament nach Mespelbrunn.

Die Nichte empfing den Boten nur widerwillig, beherrschte jedoch ihren Zorn und öffnete die Schachtel. Wieder erblickte sie drei Zitronen. Diesmal schnitt sie alle Früchte auf. Aber auch dieses Mal war in keiner Zitrone ein Geheimnis versteckt. Wutentbrannt warf sie die Zitronen aus dem Fenster und die Schachtel dem Boten an den Kopf.

»Wenn du mir noch einmal unter die Augen kommst«, schrie sie, »lasse ich dich aus dem Schloss hinauspeitschen!«

Der Bote eilte mit der Schachtel zurück zu seinem Herrn und berichtete, was vorgefallen war.

»Dann hat Gott wohl entschieden, dass ich mein Vermögen anderweitig verwenden soll«, sagte sich der Bischof und warf das Testament ins Kaminfeuer.

Julius Echter von Mespelbrunn errichtete mit seinem Geld Schulen, Kirchen und ein Krankenhaus. Außerdem gründete er eine Universität und baute eine große Bibliothek auf. Das hat dazu geführt, dass er heute noch sehr berühmt ist.

Der Schatz der Mönche

Vor etwas mehr als 200 Jahren wurde das Kloster in Amorbach aufgelöst, und alle Mönche mussten ausziehen. Die Mönche besaßen nicht viele Habseligkeiten, aber ihr Kloster war voller Reichtümer. Es gab eine große Bibliothek mit Tausenden kostbaren Büchern und viele andere wertvolle Gegenstände.

Der Abt ließ im Ort verkünden, er habe wegen des Auszugs eine gute Arbeit für die Tagelöhner. Prompt fanden sich zahlreiche von ihnen im Kloster ein. Dort verband man ihnen die Augen, und jeder Einzelne wurde von einem Mönch geführt. Die Mönche brachten die Männer in ein Kellergewölbe und gaben ihnen die unterschiedlichsten Lasten zu tragen: große und kleine Truhen, Kelche und andere Gefäße. Sehen konnten die Tagelöhner ja nichts, aber sehr wohl fühlen. Deshalb wussten sie auch ungefähr, was sie trugen, und konnten später davon erzählen.

Mit ihren Lasten und den Führern marschierten die Tagelöhner wieder aus dem Keller heraus. Nach einem längeren Weg durchs Freie gelangten sie in ein anderes Gebäude und dort in ein besonders feuchtes Gewölbe. Hier sollten sie alles niederlegen. Es waren so viele Dinge, dass die Tagelöhner den weiten Weg mehrmals gehen mussten.

Am Ende des Tages nahmen die Mönche den Männern die Augenbinden wieder ab, beschenkten sie reich und ermahnten sie, kein Wort über diese Arbeit zu verlieren. Wenige Zeit später verließen der Abt und die Mönche das Kloster für immer.

Doch wie es so ist: Auch wenn alle Schweigen geloben, kommt das Geheimnis dennoch vielen fremden Leuten zu Ohren. Und so war es auch in diesem Fall. Jeder Winkel des großen Klostergebäudes wurde immer wieder nach dem angeblichen Schatz durchstöbert, der in einem Kellergewölbe versteckt worden sein soll. Doch gefunden wurde nicht der kleinste Krümel Gold oder auch nur ein einziges Buch.

Die Mönche starben einer nach dem anderen, und mit ihnen verschwand das Wissen, wo der Klosterschatz wirklich geblieben war. Vielleicht kannst du ihn finden?

Die verwunschene Frau

Auf dem Gelände der verlassenen Burg Wildenstein bei Eschau, die einst den Grafen von Rieneck gehörte, lebte einige Zeit lang ein Schäfer mit seinem Hund und seinen Schafen. Eines Nachts wachte der Schäfer von einem lauten Geräusch auf. Erschreckt schaute er aus dem Fenster seiner Hütte. Da entdeckte er eine Frau in einem durchscheinenden weißen Gewand und mit einem schwarzen Schleier um den Kopf. Sein Herz raste vor Angst. Das musste die verstorbene Hausherrin der Burg sein, dachte sich der Schäfer, die keine Ruhe findet und hier im Gemäuer herumspukt.

Die weiße Frau winkte ihm zu, dass er zu ihr kommen solle. Doch der Schäfer bekam nur noch größere Angst, verkroch sich in der hintersten Ecke seiner Hütte und wartete, bis es Morgen wurde.

Am nächsten Tag berichtete er alles seinem Herrn. Dieser war viel mutiger als sein Schäfer und sagte: »Wenn dir die weiße Frau wieder erscheint, dann frag sie, was sie von dir will.«

Des Nachts erschien die Frau erneut vor der Hütte. Der Schäfer fasste sich ein Herz und fragte sie, was sie von ihm wolle.

»Ich habe einst in diesem Schloss gewohnt. Doch dann wurde ich verwünscht und muss seitdem hier herumspuken. Nur du kannst mich erlösen«, sagte die weiße Frau.

»Und wie soll ich das machen?«, fragte der Schäfer.

»Du musst morgen Abend kurz vor Mitternacht an der Schlossbrücke sein«, erklärte sie ihm. »Eine Schlange wird auf dich zukriechen. Doch sei unbesorgt, das bin ich. Ich werde einen Schlüsselbund für dich dabeihaben, und diesen musst du mir abnehmen.«

Dem Schäfer zitterten zwar heftig die Knie, doch er antwortete tapfer: »Ich werde da sein und dir den Schlüsselbund abnehmen.«

Er erinnerte sich daran, dass der Hirtenstab von Moses aus der Bibel sich auch einmal in eine Schlange verwandelt hatte. Also musste ein Schäfer ja eigentlich keine Angst vor einer Schlange haben, dachte er ein wenig beruhigt.

In der Nacht marschierte der Schäfer wie vereinbart zur Schlossbrücke. Plötzlich tauchte eine große graue Schlange

mit einem Schlüsselbund im Maul vor ihm auf. Sie zischte und ging auf ihn los. Der Schäfer aber vergaß vor lauter Schreck sein Versprechen und rannte schreiend davon.

Die Schlange verwandelte sich auf der Stelle in die weiße Frau. »Bitte, lauf nicht weg!«, flehte die Frau. »Jetzt dauert es wieder hundert Jahre, bis ein Kind geboren wird, das mich von meinem Fluch erlösen kann.«

Aber der Schäfer hielt sich die Ohren zu und rannte weiter. Am nächsten Tag packte er seine Sachen und wurde in dieser Gegend nie mehr gesehen.

Spuk auf dem Schenkenschloss

Auf dem Weg von Würzburg nach Veitshöchheim stand einst ein Schloss. Dort lebte lange Zeit der wohlhabende Schenk von Rossberg, nach dem wohl das Schloss auch benannt wurde. Wie sein Titel sagt, war er der Mundschenk des Erzbischofs gewesen und damit zuständig für die Weinvorräte am Hof.

Am Fuße des Berges lag ein Dorf, und in diesem wohnte, als die Familie des Schenken schon längst verstorben war, ein Mädchen. Das Mädchen hatte keine Eltern mehr und lebte bei einer Verwandten. Die war jedoch ein hartherziges altes Weib, das nichts anderes liebte als den Wein. Als dieser wieder einmal zur Neige gegangen war, schickte die Alte das Mädchen mit einem Krug fort, aber ohne Geld, um Nachschub zu besorgen.

»Wie soll ich das denn ohne Geld anstellen?«, wagte das Mädchen zu fragen.

»Das ist mir gleich«, keifte die boshafte Verwandte. »Hol ihn halt von irgendwo. Von mir aus vom alten Schenkenturm!

Bei einem Mundschenk muss es ja schließlich Wein geben!« Und die Alte lachte wie hundert schwarze Krähen gleichzeitig.

Da das Mädchen sehr gutgläubig war, stieg es tatsächlich den Berg zum Schenkenturm hinauf. Als es das Innere des Turmes betrat, tauchte plötzlich ein graues Männlein vor ihr auf.

»Was machst du denn hier, armes Mädchen?«, fragte das Männlein.

Das Mädchen zitterte vor Angst, doch es nahm seinen ganzen Mut zusammen und antwortete: »Ich soll Wein für meine Verwandte holen. Sie sagte, bei einem Schenken müsse es schließlich welchen geben.«

Das Männlein schmunzelte, nahm den Krug und verschwand. Nach kurzer Zeit kehrte es mit dem Krug voller Wein wieder zurück.

»Hier, nimm den Krug. Dir gebührt Dank, denn du hast mich erlöst«, sprach das Männlein. »Ich war verdammt zu warten, bis eine liebe, unschuldige Seele kommt und etwas von mir verlangt. Geh nun wieder ins Dorf hinunter, aber trinke auf keinen Fall auch nur einen Tropfen von dem Wein!«

Mit wackeligen Knien wanderte das Mädchen wieder den Berg hinab. Unten angekommen sank es erschöpft und durstig zu Boden. Schon wollte es versehentlich einen Schluck Wein zur Stärkung nehmen, da blickte es erstaunt in den Krug hinein: Der Wein hatte sich in funkelnde Goldstücke verwandelt!

Das Mädchen war nun frei und kehrte nie wieder zu ihrer bösen Verwandten zurück.

Christusbild fängt Dieb

In der Neumünsterkirche zu Würzburg stand ein Kreuz mit dem heiligen Christus. Die Arme und Beine der Christusfigur waren fest an das Kreuz genagelt, und um ihren Hals hing eine kostbare Goldkette. Die Kette hatte ein frommer Mensch der Kirche geschenkt.

Auf diese Kette nun hatte es ein Dieb abgesehen. Er brach in die Kirche ein und trat vor das Christusbild. Gierig streckte er seine Hand nach der Kette aus, und weder der heilige Ort noch die strafenden Blicke des Bestohlenen konnten den Dieb stoppen. Da lösten sich plötzlich die Arme der Christusfigur vom Kreuz und umklammerten den Dieb.

Der Dieb röchelte und wimmerte leise, doch die Arme ließen ihn nicht los. Er winselte und betete, aber es half nichts. Als der Dieb es schließlich nicht mehr ertragen konnte, begann er, um Hilfe zu schreien.

Die Leute rannten in die Kirche, erlösten den Dieb aus seiner misslichen Lage und sperrten ihn ins Gefängnis. Die Arme der Christusfigur bewegten sich allerdings nicht mehr zurück an das Kreuz, sondern blieben zu aller Erstaunen bis heute nach vorn gestreckt, als würden sie den Dieb noch immer umfassen.

Die Zollnerbrüder

Über Volkach am Main steht die Hallburg, auf der vor vielen hundert Jahren zwei Brüder lebten, die alle »die Zollnerbrüder« nannten. Vermutlich hießen sie so, weil sie von den Schiffen auf dem Main Zoll verlangten. Einer der Brüder war verheiratet, der andere nicht.

Es war die Zeit der Kreuzzüge ins Heilige Land, und auch die beiden Brüder machten sich dorthin auf. Doch nach mehreren Kämpfen gegen die Sarazenen gerieten sie in Gefangenschaft. Da sie trotz aller Drohungen ihrem Glauben treu bleiben wollten, wurden sie schließlich zum Tode verurteilt. Die beiden Brüder hatten schon so lange Zeit in Ketten im Kerker verbracht und so viel gelitten, dass sie es einfach hinnahmen. Aber die Tochter des Kerkermeisters hatte ein liebes Herz und vergoss bittere Tränen. Sie war nicht nur den beiden, sondern auch heimlich dem Christenglauben zugetan und bat die Zollnerbrüder, sie in ihr letztes Gebet einzuschließen.

Da rafften sich die Ritter auf und beteten noch einmal aus vollem Herzen zur wundertätigen Maria auf dem Kirchberg in ihrer fernen Heimat. Dann schliefen sie ein und träumten beide, die Maria vom Kirchberg winke ihnen zu.

Seltsamerweise träumte auch die Hausherrin auf der Hallburg genau in dieser Nacht, dass die Maria aus ihrer Kirche sie zu sich rufe. Obwohl es nur ein Traum war, ritt sie gleich am frühen Morgen zur Kirche auf dem anderen Berg. Sie machte sich schon lange große Sorgen um ihren Mann und seinen Bruder in der gefährlichen Fremde und hoffte auf ein gutes, göttliches Zeichen.

Wie staunte die Burgherrin, als sie vor der Kirchentür zwei Männer in zerrissenen Kleidern und in schweren Ketten liegen sah und gleich neben ihnen ein Mädchen in orientalischer Tracht! Da erkannte sie in einem der Männer ihren geliebten Ehemann. Mit lauten Freudenrufen weckte sie die drei Schlafenden, die genauso glücklich und erstaunt waren.

Voller Dankbarkeit beteten sie gemeinsam vor dem Bild der Maria. Die Tochter des Kerkermeisters wurde ein wenig später in derselben Kirche zur Christin getauft und heiratete den jüngeren der Zollnerbrüder.

Die Rettung von Münnerstadt

Im Jahr 1641, als der Dreißigjährige Krieg tobte, belagerten die Schweden auch das unter der Salzburg gelegene Münnerstadt. Der Feind hatte sich auf dem Karlsberg verschanzt und beschoss von dort aus Stadt und Leute.

In Münnerstadt lebte eine sehr fromme Bruderschaft, die heiß und innig Gebete um Rettung zum Himmel hinaufschickte. Die Schweden schossen immer heftiger mit ihren Kanonen, als plötzlich ein Wunder geschah: Auf den Mauern erschien von Engeln umschwebt und in göttlichem Glanz die Heilige Jungfrau. Sie trug ein langes weißes Gewand und

einen himmelblauen Mantel. Mühelos fing sie die umherfliegenden feindlichen Kugeln auf.

Die Schweden waren verwundert und entsetzt zugleich. Sie hörten sofort mit dem Beschuss auf und zogen ab. Münnerstadt war gerettet!

Zum Gedenken an die Rettung wurde ein Bildnis von Maria mit ihrem göttlichen Sohn über der Torpforte in das Wappen der Stadt aufgenommen. Heute noch feiern die Bürger anlässlich dieses Wunders ein Dankesfest mit einem Gottesdienst und einer Prozession. Während der ganzen Feier werden die Tore wie damals geschlossen.

13 Brüder

In den Wäldern der Haßberge herrschten vor vielen, vielen Jahren die Freiherren von Stein zu Altenstein. Zu Ritterzeiten lebten auf ihrer Burg zwölf von dreizehn Brüdern. Der dreizehnte Bruder mit Namen Seifried war in die Fremde gezogen.

Die zwölf Brüder lagen in Streit mit dem Bischof Iring von Reinstein-Homburg. Beide Seiten bekriegten sich nach Herzenslust, ohne dass es einen Sieger gab. Schließlich ersann der Bischof, der unbedingt die Burg besitzen und die Ritter bezwingen wollte, eine böse List: Er gab vor, sich doch lieber mit den Brüdern friedlich einigen zu wollen.

Die Brüder, die mittlerweile kriegsmüde geworden waren, fielen darauf herein und öffneten dem Bischof und seinen Männern die Burgtore. Nach einem üppigen Mahl zog sich der Bischof in sein Gemach zurück. Er bat jeden Ritter einzeln zu einem Gespräch, in dem ein Vertrag ausgehandelt werden sollte.

Doch die Absichten des Bischofs waren keineswegs friedlich, denn er hatte einen seiner Männer mit einem scharfen Schwert in der Hand hinter der Tür versteckt. Als nun die Ritter von Stein zu Altenstein, einer nach dem anderen, zu dem Bischof kamen, wurden sie von dessen Helfer hinterrücks ermordet.

Erst der letzte der zwölf Brüder ahnte Böses, und er war auf der Hut, als er das Zimmer betrat. Schon wollte er sich mit einem Messer auf den Bischof stürzen, da packten ihn dessen Männer. Der zwölfte Bruder warf verzweifelt sein Messer nach dem Bischof, doch statt in dessen Herz zu landen, hieb es ihm nur ein Stück seiner Nase ab. Dann starb auch der zwölfte Bruder.

Als Seifried von Stein zu Altenstein aus der Fremde zurückkehrte und von der blutigen Tat erfuhr, schwor er bittere Rache. Er ruhte nicht, bis er sie vollzogen hatte. Doch das ist eine Geschichte, die ein andermal erzählt werden soll.

In der Nähe der Burg, in der immer noch die Spuren des Verbrechens zu finden sind, befindet sich übrigens ein hohler Felsen, der mit Schätzen gefüllt sein soll. Und nur Sonntagskinder, so erzählt man sich, können ihn mithilfe einer Glücksblume öffnen.

Ein unglücklicher Ritter

Im Norden des Steigerwaldes ragt der Berg Zabelstein zwischen den Bäumen empor. Auf diesem Berg stand einst eine Burg, darin wohnte ein Ritter mit seiner Frau. Hugo von Zabelstein hatte allerdings im Leben nicht viel Glück gehabt und war deshalb ein sehr armer Ritter. Doch seine Frau liebte ihn und war darüber nicht unglücklich.

Nun war aber selbst am Heiligabend die Speisekammer so leer, dass die Burgherrin kein Festessen zubereiten konnte. Wütend und verzweifelt packte der Ritter seine Jagdausrüstung zusammen.

Seine Frau weinte und jammerte voller Sorge: »Am Heiligabend jagt man doch nicht! Gott wird schon für unser Essen sorgen, so wie er das für die Vögel und all die anderen Tiere tut!«

Doch Ritter Hugo ließ sich nicht umstimmen und ritt fort. Traurig zog er durch den kalten und einsamen Wald, als plötzlich ein reich gekleideter Jäger vor ihm auftauchte.

»Ich sehe, du hast Sorgen und Nöte, aber dir kann geholfen werden«, sprach der Fremde. »Dafür musst du mir nur in zehn Jahren das überlassen, was jetzt auf deiner Burg noch ein Geheimnis ist.«

Da der Ritter von keinem Geheimnis wusste, besiegelte er den Vertrag. Im Gegenzug erhielt er so viele Goldstücke, wie er tragen konnte. Schnell eilte er auf die Burg zurück.

Schon wollte er seiner Frau die Goldstücke zeigen, da fiel sie ihm ins Wort und berichtete ihm glücklich, dass sie ein Kind erwartete. Die freudige Nachricht hatte sie eigentlich als Weihnachtsgeschenk für ihn aufgehoben.

Was für ein Schreck fuhr dem Ritter da in die Knochen: Sein ungeborenes Kind hatte er diesem fremden Jäger versprochen!

Und der war, wie sich jeder denken kann, in Wirklichkeit der Teufel!

Das Kind kam zu früh auf die Welt, und die Burgherrin starb bei der Geburt. Der Ritter war anfangs sehr verzweifelt. Doch bald verschwand dank der vielen Goldstücke die Trauer aus seinem Herzen. Er lebte mit seiner Tochter in Saus und Braus und dachte nicht mehr an den teuflischen Jäger.

Aber als das wunderschöne Töchterchen zehn Jahre alt wurde, kam der Jäger und wollte es holen. Was sollte der Ritter tun? Dem Teufel wollte er das Mädchen auf keinen Fall überlassen! Voller Wut und Verzweiflung stieß der Vater daher seine Tochter die Burgmauer hinunter.

Am darauffolgenden Heiligabend erschienen auf dem Zabelstein Geister und Totengerippe mit einem Kindersarg in ihrer Mitte. Sie zogen hinauf bis zur Burg. Dort zerrten sie den Ritter in die Burgkapelle und hielten vor dem schwarz behängten Altar eine Totenmesse. Anschließend tanzten sie heulend durch die Burg. Ritter Hugo wurde von den Geistern fortgerissen, auf die Burgzinnen gedrängt und in den Abgrund gestürzt.

Von da an, so wird erzählt, zieht der Ritter vom Zabelstein bis heute in jeder Weihnacht mit den Geistern und Gerippen durch den Wald, und aus der Burgkapelle hört man schaurigen Totengesang.

Von Kirchen und ekligen Kröten

Die Schwester von Kaiser Heinrich I. war eine mutige und mächtige Frau mit Namen Baba. Sie lebte im ostfränkischen Land auf der Babenburg. Am Fuße der Burg gründete sie eine Stadt und nannte sie Bamberg. Natürlich durfte in der Stadt auch eine Kirche nicht fehlen, und viele Arbeiter kamen von überallher, um beim Bau der Kirche zu helfen. Die Burgherrin Baba zahlte allerdings nicht jedem Arbeiter persönlich seinen Lohn aus, sondern stellte eine große Schüssel voller Geld auf. Jeder konnte sich aus der Schüssel so viel nehmen, wie er für passend hielt. Holte sich ein Arbeiter aber zu viel Geld heraus, dann glühten die Münzen in seiner Hand so sehr, dass er sie wieder fallen ließ. Die Schüssel füllte sich jeden Tag von selbst mit Geld auf.

An der Stelle, an der die von der Burgherrin Baba erbaute Kirche stand, ließen später Kaiser Heinrich II. und seine Ehefrau Kunigunde einen prächtigen Dom errichten. Der Dombau, so erzählt man sich, war allerdings sehr beschwerlich. Immer wieder behinderten große Kröten die Arbeit! Auf Geheiß des Teufels zerstörten diese Kröten jede Nacht alles, was am Tag gebaut worden war.

Vor dem Dom stehen heute noch Tierfiguren aus Stein. Lange erzählte man sich, dies seien die Kröten von damals. Nur eben zu Stein erstarrt! Allerdings sehen diese Figuren bloß aus wie Kröten. Vielmehr sind es Steinlöwen aus alter Zeit, wie die Schriftzeichen auf dem Rücken eines der Löwen zeigen.

Kaiser Heinrich II. und seine Ehefrau Kunigunde waren äußerst beliebt in der Stadt. Aber einige böse Zungen behaupteten immer wieder, dass Kunigunde ihrem Ehemann untreu wäre. Das kam auch der Kaiserin zu Ohren und betrübte sie sehr. Als die boshaften Stimmen gar nicht verstummen wollten, bot sie an, sich dem Urteil Gottes zu unterwerfen. Sie musste barfuß auf sieben glühenden Pflugscharen laufen. Mutig tat sie, wie von ihr erwartet wurde. Dabei betete sie zum lieben Gott, sie zu beschützen und ihr zu helfen. Zum Erstaunen aller Zuschauer trat sie mit heilen Füßen wieder auf den Erdboden auf! Damit hatte sie ihre Unschuld bewiesen. Der Kaiser und alle Umstehenden knieten vor ihr nieder.

Doch die bösen Zungen plapperten weiter. Eines Tages ging Kunigunde am Ufer der Regnitz entlang. Damals wuschen dort, wo heute der Kran steht, die Waschweiber ihre Wäsche. Niemand sah die Kaiserin, da sie von einem Gebüsch verdeckt war. Dafür hörte diese aber, wie eines der Waschweiber ganz fürchterlich über sie lästerte.

Kunigunde flehte den Herrn an, ihr noch einmal zu helfen, ihre Unschuld zu beweisen. Sie eilte nach Hause und ließ einen Korb mit Speisen und Wein zu den Waschfrauen bringen. Diese wunderten sich sehr, genossen aber gern die unerwarteten Leckereien. Wie staunten die Frauen, als die Waschfrau, die gelästert hatte, statt Wein plötzlich ekelhafte Jauche im Becher und statt eines Stückes Brot eine fette, schleimige Kröte im Mund hatte! Fortan wurde in Bamberg nie wieder etwas Böses über Kaiserin Kunigunde erzählt.

Geistermesse

Eine fromme ältere Dame in Bamberg ging jeden Tag im Jahr zur Frühmesse in die Kirche »Unsere Liebe Frau«. Eines Nachts im Winter wachte sie auf und meinte, die Glocken läuten zu hören. Geschwind zog sie sich an und eilte mit einer Laterne in der Hand durch das Schneetreiben zur Kirche.

Die Kirche war viel heller als sonst beleuchtet und schon mit allen Leuten besetzt. Nur ihr Plätzchen war noch frei. Wie immer war sie ins Gebet vertieft und schaute nicht nach links und nicht nach rechts. Erst als die Messe fast zu Ende war, schaute sie zu ihren Nachbarn hoch. Und wie erschrak sie da! Links von ihr saß ihre Cousine, die vor zehn Jahren gestorben war. Etwas weiter rechts sah sie ihre betende Mutter, die ebenfalls längst nicht mehr unter den Lebenden weilte. Als sie sich weiter umschaute, entdeckte sie nur alte Bekannte, die alle schon verstorben waren, auch der Pfarrer und der Sakristan.

Da eilte sie voller Furcht und so schnell sie konnte aus der Kirche. Allerdings sagte ihr eine innere Stimme, dass sie etwas als Pfand für ihr Leben dalassen müsse. Die ältere Dame ließ ihren Fuchspelz fallen und hastete nach Hause, wo sie voller Aufregung allen die Geschichte erzählte.

Ihr Sohn lächelte darüber und meinte, dass es doch schade um den Fuchspelz sei. Mit einem Freund machte er sich auf die Suche danach. Die Kirche war dunkel und leer. Doch wie mussten beide Männer staunen, als sie tatsächlich den Fuchspelz fanden – aber nicht in einem Stück, sondern in kleine Teile zerrissen und auf jedem Grab des Friedhofs eines davon.

14 Heilige

Als der Schäfer Hermann eines Abends zur gewohnten Zeit seine Schafe nach Hause trieb, hörte er plötzlich eine klagende Stimme. Er schaute sich um und entdeckte zu seiner großen Verwunderung auf einem Acker ein kleines Kind. Ganz einsam und verlassen saß es da und machte ein trauriges Gesicht. Vorsichtig ging er zu dem Kind, denn er wollte es nicht erschrecken. Auf einmal erstrahlte es in einem hellen Glanz, lächelte ihn freundlich an und verschwand.

Der Schäfer rieb sich verwirrt die Augen und fragte sich, ob er wohl gerade geträumt hatte. Schließlich trieb er seine Herde weiter. Nach ein paar Metern des Weges drehte er sich um, weil er immer noch über diese Erscheinung nachsann. Zu seiner Überraschung entdeckte er das Kindlein schon wieder auf dem Acker, diesmal mit einer brennenden Kerze rechts und links von ihm.

Kurzerhand marschierte der Schäfer zurück, um das Kind zu fragen, warum es dort auf der Erde saß. Doch wie beim ersten Mal verschwand es einfach.

Nun packte den Schäfer die Furcht. Aufgeregt eilte er mit seinen Tieren nach Hause und erzählte das Erlebte seinen Eltern und dem Priester im Ort. Auch wenn das Ganze wirklich sehr verwunderlich war und sich nach einem Traum anhörte, gab der Priester dem Schäfer einen Rat: »Wenn dir das Kind noch einmal begegnet, dann frag sofort, was es will.«

Ein Jahr verging, und fast schon hatte Hermann das Kind vergessen. Doch als er eines Tages wieder mit seiner Herde auf dem Heimweg war, saß es auf dem Acker wie damals. Es strahlte in himmlischem Glanz und trug ein rotes Kreuz auf der Brust. Diesmal war es aber nicht allein, sondern in Begleitung von vierzehn weiteren Knaben, alle rot und weiß gekleidet.

Zum Glück fiel dem Schäfer gleich der Rat des Priesters ein, und er fragte die Erscheinungen, wer sie seien und was sie wollten.

»Ich bin das Christkindlein«, sagte das Kind, »und die anderen sind die vierzehn Nothelfer. Wir wollen hier auf Erden bei euch wohnen.« Kaum waren die Worte gesagt, verschwand es mit seinen Begleitern wieder zum Himmel empor.

Am nächsten Sonntag entdeckte der Schäfer an der Stelle auf dem Acker zwei brennende Kerzen, die sich auf die Erde senkten und wieder hoch zum Himmel schwebten. Und auch eine Frau aus dem Dorf sah das.

Da marschierte Schäfer Hermann zum Abt von Langheim und erzählte diesem von seinem Erlebnis. Der Abt ließ sich davon überzeugen, dass es sich um ein Wunder und eine Weisung handeln musste. Er erteilte den Befehl, an der Stelle auf dem Acker eine Kirche zu bauen. Diese Kirche ist bis heute eine berühmte Wallfahrtsstätte im Frankenland, nämlich die Basilika Vierzehnheiligen.

Die tapferen Männer von Kronach

Im Dreißigjährigen Krieg wurde das Städtchen Kronach mehrmals von der schwedischen Armee belagert. Tagelang und wochenlang beschossen die Feinde die Stadtmauern und stürmten sie immer wieder mit ihren Soldaten. Doch die heldenmütigen Kronacher wehrten alles ab.

Eines Morgens wurde dem Feldherrn im feindlichen Lager gemeldet, dass zwei Kanonen vernagelt worden seien. Sie waren nicht mehr zu gebrauchen! Aber niemand konnte sich erklären, wie das passiert war.

Am nächsten Morgen waren wieder zwei Kanonen vernagelt. Diesmal stellte der Feldherr Wachen auf, doch auch die konnten nicht verhindern, dass in der Nacht schon wieder Kanonen vernagelt wurden. Die Hellebardiere hatten gemeint, in der Nacht leise Schritte gehört zu haben sowie Hammerschläge und schadenfrohes Lachen. Im ganzen Lager wurde nach den Übeltätern gesucht, doch keiner gefunden. Der schwedische Feldherr vermutete nun, dass sich tatsächlich Kronacher ins Lager geschlichen haben mussten, um die Kanonen unschädlich zu machen.

Aber warum hatte niemand sie gesehen?

Es waren tapfere Kronacher gewesen, die Nebelkappen trugen und so für alle Menschen um sie herum unsichtbar blieben. Sie hatten sich bei den Feinden eingeschlichen und die Kanonen unschädlich gemacht.

Solches dachte sich nun auch der feindliche Feldherr, doch er wusste sich zu helfen: Im schwedischen Heer gab es einen einfachen Soldaten, der war Heiligabend um Mitternacht geboren worden. Solche Menschen können bekanntlich viele Dinge sehen, die anderen verborgen bleiben– zum Beispiel Leute, die Nebelkappen tragen! Dieser Mann musste ab sofort mit den anderen Soldaten Wache halten.

Die Nacht kam, und die wagemutigen Kronacher schlichen erneut ins feindliche Lager. Der besondere Soldat entdeckte sie und riss ihnen die Kappen vom Kopf. Sofort wurden die Eindringlinge gefangen genommen. Der Feldherr ließ sie aus dem Lager prügeln, und als die Kronacher Soldaten wieder in ihrem Städtchen auf dem Marktplatz eintrafen, brachen sie tot zusammen.

Die Bürger von Kronach ehrten ihre tapferen Männer und nahmen sie in ihr Stadtwappen auf. Und die Geister der wagemutigen Kronacher sollen heute immer noch gelegentlich des Nachts hämmernd auftauchen – genau dort, wo die Schweden damals lagerten.

Die Rache des Mönchs

Ein Herzog von Coburg führte einst Krieg mit einem Bischof von Bamberg. In einer der vielen Schlachten nahm der Herzog zwölf Junker des Bischofs gefangen und schickte sie auf seine Veste. Doch die Gefangenen wurden nicht allzu streng bewacht und vergnügten sich in den Gängen und im Hof. Nur der Priester des Herzogs, ein finsterer Mönch, ärgerte sich über sie.

Da geschah es, dass der Mönch auf der Stiege ausrutschte und in den Hof purzelte. Die Junker hielten sich die Bäuche vor

Lachen. Voller Zorn beschwerte sich der Mönch bei seinem Herrn und erzählte, dass einer der Junker den Vater des Herzogs in der Schlacht getötet habe.

Das wiederum machte den Herzog sehr wütend, und er befahl, alle Junker zu köpfen, und zwar genau um Mitternacht. Immer, wenn der Türmer von der Sankt Moritzkirche zwölfmal in sein Horn blies, sollte ein Kopf rollen.

Das kam der Herzogin zu Ohren. Sie war eine gute und fromme Frau und wollte die Junker retten. Freundlich bat sie ihren Ehemann um das Leben der Männer. Das besänftigte den Herzog ein wenig. Er befahl, nur denjenigen Junker zu köpfen, der seinen Vater getötet haben sollte.

Die Herzogin wollte aber auch dieses Leben retten und sperrte den Türmer in ein Gemach der Burg, damit der nicht sein Wächterhorn blasen konnte. Doch sie wusste nicht, dass der Mönch sie belauscht hatte und nun auf Rache sann. Kurz vor Mitternacht wurden die Junker mit Fackeln zum Henker geführt. Der Türmer empfing indessen von der Herzogin eine Flasche Wein und machte es sich gemütlich.

Die Glocke schlug zwölf. Wie erschraken die Herzogin und der Türmer, als plötzlich nach jedem Schlag das Horn des Türmers ertönte und im Hof ein Kopf rollte. Auch der Herzog war entsetzt, denn er hatte den Tod der Junker nicht mehr gewollt.

Schnell eilte er selbst auf den Turm. Dort fand er aber nicht den Türmer, sondern den Mönch, der freudig rief: »Nun werdet ihr meiner nicht mehr spotten, ihr Junker!«

Da packte der Herzog den Mönch und warf ihn vom Turm hinunter.

Seitdem kann man während der Nacht, in der all dies geschah, das Wächterhorn hören. Es ist der Mönch, der heute noch mit dem Horn und einem Rosenkranz im Turm der Coburger Sankt Moritzkirche umhergeistert und mit dem Schlüsselbund rasselt.

Das adlige Gespenst

Die adlige Familie der Hohenzollern hat viele Grafen, Herzöge, Könige und auch Kaiser hervorgebracht. Sie besitzt nicht nur Schlösser, Wiesen und Wälder, sondern auch ein weibliches Gespenst! Die weiße Frau taucht hier und dort in ihren Schlössern auf und kündigt Unheil an. Dabei macht sie keinen Unterschied zwischen Mann und Frau oder zwischen Familie und Fremden. Auch der berühmte Kaiser Napoleon I. erlebte einmal eine gruselige Nacht mit ihr im Bayreuther Schloss. Was genau passiert war, verriet er jedoch niemandem.

Die weiße Frau selbst stammt aus der Plassenburg, die über der Stadt Kulmbach thront. Zu Lebzeiten hieß sie vermutlich Kunigunde. Sie wohnte damals allein mit ihren zwei kleinen Kindern auf der Burg, denn ihr Ehemann Otto von Orlamünde war bereits verstorben.

Die Witwe Kunigunde verliebte sich in Albrecht den Schönen, den Sohn des Nürnberger Pfalzgrafen. Dieser erwiderte ihre Zuneigung. Er verkündete aber, dass er sie nicht heiraten könne, denn vier Augen stünden ihnen im Weg. Die verzweifelte Kunigunde glaubte, dass Albrecht mit den vier

Augen ihre Kinder meinte. Und da ihre Liebe zu ihm so groß war, tötete sie diese. Doch wie groß war ihr Schrecken, als sie erfuhr, dass er keinesfalls ihre Kinder, sondern seine Eltern gemeint hatte! Sie hätten ihrer Heirat niemals zugestimmt.

Kunigunde unternahm daraufhin eine Pilgerreise nach Rom zum Papst, um diesen um Vergebung für den Mord an ihren Kindern zu bitten. Anschließend rutschte sie auf Knien

von der Plassenburg bis in das Tal von Berneck und ließ dort das Kloster Himmelkron errichten. Den Rest ihres Lebens verbrachte sie als Äbtissin in diesem Kloster – stets weiß gekleidet, so heißt es.

Nach ihrem Tod zog sie als Gespenst zurück auf die Plassenburg. Und wenn etwas nicht gefiel, was auf der Burg passierte, dann zeigte sie das deutlich. Als zum Beispiel

Markgraf Georg Friedrich I. die Plassenburg in Besitz nehmen wollte, tobte Kunigunde als weiße Frau kettenrasselnd durch die Gänge. Sie erschreckte die Hoffräulein und erwürgte sogar den Koch. Daraufhin verließen der Markgraf und sein Gefolge fluchtartig die Burg.

Die weiße Frau wohnt immer noch auf der Plassenburg und geistert durch das Gemäuer.

Goldsuche im Fichtelgebirge

In den dunklen Wäldern des Fichtelgebirges traf man in früheren Zeiten nicht nur auf die Bewohner der Walddörfer, sondern auch auf geheimnisvolle Fremdlinge. Diese Fremdlinge gruben in Höhlen, Brunnen und Bächen nach Gold. So geschah es, dass bei einem Landmann in Wülfersreuth des Öfteren ein Venezianer in abgerissenen Kleidern einkehrte. Der Landmann versorgte den Mann aus Venedig stets gastfreundlich mit allem, was er brauchte.

Eines Tages kam sein Gast, um sich zu verabschieden. »Ich gehe zurück in meine Heimat, um die Früchte meiner harten Arbeit zu genießen«, sprach der Fremdling. »Solltest du jemals in Kummer und Not geraten, so komme zu mir nach Venedig, und ich werde dir helfen.«

Tatsächlich geschah es, dass nach einigen Jahren der Landmann aus Wülfersreuth in große Not und Sorgen geriet und sich nicht mehr allein zu helfen wusste. Da erinnerte er sich an die Worte des Venezianers und machte sich auf den Weg, um die angebotene Hilfe in Anspruch zu nehmen.

Wie staunte er, als der Venezianer ihm in kostbarster Kleidung gegenüberstand! Der Waldmann wurde in seiner Fichtelberger Tracht sogleich wiedererkannt und freudig begrüßt. Der Gastgeber führte ihn in sein Haus und in Säle voll Pracht und Reichtum. Er kam aus dem Staunen nicht mehr heraus! Reich beschenkt kehrte er aus dem fernen Venedig zurück in die Heimat und musste sich von nun an keine Sorgen mehr machen.

Das Fichtelgebirge ist seit der Zeit der fremden Goldsucher immer noch voller Schätze. So gibt es unter der Luchsburg nahe Wunsiedel Stollen und Gänge, in denen Gold und Silber versteckt liegen.

Genauso verhält es sich mit den Verliesen und Verstecken der Raubritter von Losburg: Vor einem ihrer Schlösser befindet sich rechts neben dem Tor ein Gewölbe, das in die Erde hineinführt. Der Eingang wird von einem großen Stein verschlossen. In diesem Gewölbe, so wird erzählt, steht ein großer eiserner Kasten, und darin liegt ein Schatz mit Gold und Silber und vielen anderen kostbaren Kleinodien. Der Kasten steht auf einem Kessel voller Münzen und darauf wiederum ein Gefäß mit einer goldenen Krone und Edelsteinen. Einst waren sie einem König geraubt worden.

Aber du brauchst nicht nach den Schätzen zu suchen, denn die Berggeister des Fichtelgebirges halten alles gut versteckt. Am und um den Fichtelberg, der inzwischen den Namen Ochsenkopf trägt, gilt allerdings bis zum heutigen Tag: Wenn man einen Stein nach einer Kuh wirft, ist der Stein mehr wert als die Kuh.

Das kostbare Brot

Am Ochsenkopf hüteten einst drei Kinder ihre Tiere. Es waren zwei Knaben wohlhabender Landleute und ein Mädchen aus einer armen Familie. Die Kinder vertrieben sich die Zeit mit dem Erzählen von Geschichten über Geister und andere sagenhafte Gestalten vom Berg.

Da kam ein graues Männlein des Wegs gewandert. Es gesellte sich zu ihnen und lauschte. Schließlich sprach es: »Ihr seid gute Kinder, deshalb will ich nicht weitergehen, ohne euch etwas zu schenken.« Und es gab jedem von ihnen ein Stück Brot.

Als das Männlein verschwunden war, lachten die zwei Knaben und machten sich lustig über das arme Geschenk. Einer von ihnen warf sein Stück Brot den Berg hinunter. Er sah zu, wie es hüpfte und über den Boden rollte, bis es hinter einem Strauch verschwand. Der andere Knabe fand dies überaus spaßig und schickte sein Brot hinterher. Es nahm den gleichen Weg und verschwand ebenfalls hinter dem Strauch.

Das Mädchen jedoch wollte sein Stücklein Brot nicht wegwerfen, sondern hüllte es eilig in seine Schürze ein. »Meine Eltern werden sich freuen, wenn ich es ihnen nach Hause bringe«, sprach es und war von seinem Vorhaben nicht abzubringen.

Als das Mädchen schließlich heimkam und die Eltern das Brot aufschnitten, da war das Staunen in der ärmlichen Hütte groß: In dem Stück Brot war ein Goldklumpen eingebacken!

Die Knaben eilten am nächsten Morgen auf den Berg, um ihre Stücke Brot zu suchen. Doch vergebens, sie waren für immer verschwunden.

Im Zuhause des dankbaren Mädchens gab es seit dieser Zeit keine Not mehr.

Die versteinerte Katze

In Ailsfeld in der fränkischen Schweiz lebte einst ein wunderschönes Mädchen. Sicherlich hätte es schnell einen braven Mann gefunden, wäre es nicht furchtbar arm gewesen und noch Waise dazu. Nur eine schwarze Katze gehörte zu ihm, die das Mädchen einmal vor dem Ertrinken in einem Bach gerettet hatte.

Das schöne Mädchen wurde zwar von den Burschen im Dorf umworben, doch steckten hinter deren Komplimenten keine redlichen Absichten. Nur der Sohn eines reichen Bauern hatte sich ernsthaft in die Schöne verliebt und wollte sie heiraten.

Der Vater dieses Burschen war entsetzt über die Absichten seines Sohnes und verbot diesem den Umgang mit der armen Waise. Der Sohn war jedoch hartnäckig und wollte sich seine Liebe nicht verbieten lassen. Da befahl der Vater ihm, in die Fremde zu ziehen, um vorher noch etwas Gescheites zu lernen. In erster Linie hoffte er aber, dass der Sohn das Mädchen dort vergessen würde.

Der Tag des Abschieds kam, und auf beiden Seiten herrschte großer Kummer. Das Mädchen saß in ihrer Kammer und weinte gar bitterlich. Dann warf es sich auf die Knie und betete verzweifelt um Rat und vor allem um Hilfe. Sie wollte ihren Geliebten nicht verlieren!

Da erhob sich ihre einzige und beste Freundin, die schwarze Katze, von ihrem Lager. Sie strich ihr um die Beine und fing auf einmal an zu reden: »Geh mit mir, ich werde dir helfen und dir einen Schatz zeigen.«

Die Katze sprang aus der Tür und auf die Straße hinaus. Fassungslos und mit großem Herzklopfen folgte das Mädchen ihrem treuen Tier. Sie liefen, bis sie zu einem jäh abfallenden Felsen kamen. Die Katze sprang elegant hoch bis auf die

Spitze, und das Mädchen kletterte hinterher. Wie staunte es, als es das Ziel erreicht hatte: Überall auf dem Felsen lag blankes Gold umher! Das Mädchen nahm davon so viel, wie seine Schürze fassen konnte, und rannte zurück ins Dorf.

Wie durch einen glückseligen Zufall begegneten dem Mädchen dort der hartherzige Bauer und sein Sohn. Freudig

schüttete es dem Bauern das Gold vor die Füße, und die Liebenden fielen sich in die Arme. Wenige Wochen später wurde Hochzeit gefeiert.

Die Katze siehst du bis heute versteinert auf dem Gipfel des Felsens bei Ailsfeld sitzen!

Des Teufels Mauer

Im Aurachtal stand einst eine Burg, in der ein Ritter mit seiner Tochter lebte. Doch dieser Ritter war keineswegs ein Edelmann, und von den ritterlichen Tugenden hielt er nicht viel. Er machte den Frauen anderer Männer schöne Augen, trank und aß zu viel, raubte die Schwachen aus und ging den Stärkeren aus dem Weg.

Seine Tochter war darüber sehr traurig und ermahnte ihn oft, damit aufzuhören und sich wie ein edler Ritter zu benehmen. Aber obwohl er seine Tochter wirklich von Herzen liebte, hörte er nicht auf sie.

Eines Tages erfuhr dieser feige Ritter, dass sein Nachbar für längere Zeit fortgeritten war. Sofort rief er seine Leute zusammen und ritt zu der benachbarten Burg. Sie plünderten die Speisekammer, soffen den Weinkeller leer und nahmen so manch wertvolles Ding mit. Die Knechte, die auf die Burg aufpassen sollten, konnten nichts dagegen tun.

Als der Nachbar wieder nach Hause kam und die ganze Bescherung erblickte, platzte er fast vor Zorn. Seine Knechte berichteten ihm, wer der Übeltäter gewesen war. »Das wirst du mir büßen, du Schuft, das wird dein letzter Streich gewesen sein!«, brüllte er. Sicherlich konnte man das bis zur Burg des feigen Ritters hören.

Der Nachbar stürmte hoch zu Ross mit seinen Leuten zur anderen Burg und stellte sich dort auf, bereit wie zu einer Schlacht. Dem feigen Ritter klopfte das Herz bis zum Halse, als er aus dem Fenster sah.

»Oh weh, wer rettet mich aus dieser Not? Mein Hab und Gut werde ich verlieren und mein Töchterchen obendrein«, klagte er.

Da fuhr aus dem Boden ein riesiger schwarzer Mann empor. »Ich helfe dir«, rief der Mann und blitzte ihn aus Feueraugen an. »Ich baue dir zum Schutz eine Mauer um die Burg bis zum ersten Hahnenschrei. Dafür bekomme ich deine Tochter.«

Schweren Herzens erklärte sich der feige Ritter damit einverstanden, und wie von Geisterhand begann der Bau der versprochenen Mauer.

Doch der Ritter war nun noch verzweifelter, denn er wusste genau, dass er seine Tochter an den Teufel vergeben hatte. Sein alter Knecht hatte Mitleid mit ihm, aber vor allem mit dem Mädchen. Er bot dem Ritter seine Hilfe an: »Ich weiß einen geheimen Gang aus der Burg. Kommt schnell mit, dann sind wir alle gerettet.«

Ohne zu zögern, folgte der feige Ritter mit seiner Tochter dem treuen Knecht durch den Gang aus der Burg hinaus. Der Morgen dämmerte schon, und sie sahen, dass zur Vollendung der Teufelsmauer nur noch wenige Steine fehlten.

Da rief der Knecht schnell ganz laut: »KIKERIKI, KIKERIKI!«

Es gab ein furchtbares Dröhnen, und wie von Geisterhand stürzte die gewaltige Mauer ein.

Die drei Geretteten dankten dem Himmel. Der feige Ritter versprach, nie wieder etwas Böses zu tun und niemals mehr sein Kind in Gefahr zu bringen. Die Riesenfelsen bei Falkendorf erinnern bis heute an die Geschichte und an das Versprechen.

Vorsicht, Hausgeist!

Früher war es in Nürnberg üblich, das Haus einmal im Jahr gründlich zu putzen und zu entrümpeln. »Stöbern« wurde das genannt. Ein Ehepaar aus der Laufergasse gab dies seiner Magd zur Aufgabe und fuhr dann auf eine längere Reise. Allerdings sollte die Magd nicht das ganze Haus stöbern. Eine Kammer unter der Stiege durfte auf keinen Fall betreten werden.

Die Magd erledigte gehorsam ihren Auftrag und war am Abend mit dem Stöbern fertig. Nun hätte sie mit ruhigem Gewissen sich zur Ruhe legen können, doch ihr ging die verschlossene Kammer nicht aus dem Sinn. Was konnte bloß so Geheimes darin sein?

Die Neugierde siegte über ihren Gehorsam. Doch die Tür der Kammer war mit einem großen Schloss verriegelt, auf das drei weiße Kreuze gemalt waren. Die Magd probierte alle Schlüssel am Schlüsselbund aus, aber keiner wollte passen. Schließlich fand sie doch noch einen alten, sehr verrosteten Schlüssel. Und siehe da, mit diesem ließ sich die Kammertür öffnen!

In der Kammer war es finster und staubig, und auf dem Boden lag ein großer Pelz. Mit einem Male begann sich dieser Pelz zu regen und zu wachsen. Er wurde größer und größer, und die Magd rannte kreischend davon. Ein furchterregendes Gelächter schallte hinter ihr her.

Als das Ehepaar wieder von der Reise heimgekehrt war, berichtete die Magd, was vorgefallen war. Der Hausherr wurde furchtbar wütend und jagte die Magd davon. In die Kammer war nämlich durch einen Geistlichen ein Hausgeist eingesperrt worden, der das Haus lange Zeit tyrannisiert hatte. Nun trieb er, zum Leidwesen der Bewohner, aufs Neue mit schadenfrohem Gelächter sein Unwesen in der Laufergasse.

Der wilde **Raubritter**

Apollonius von Gailingen, besser bekannt als Eppelein von Gailingen, war sehr stolz auf sich: Jeder hielt ihn für einen gefährlichen Raubritter! Und in der Tat war kein reisender Kaufmann sicher, wenn Eppelein von Gailingen mit seinen Männern von der Raubritterburg Dramaus ins Tal der Wiesent preschte.

Da kam es, dass sich der Raubritter in die schöne Mathilde verliebte, die Tochter des reichen Nürnberger Burgherrn. Er ließ sich von seinem Knappen die stattliche Rüstung umlegen und das glänzende Schild umhängen. Dann ritt er zu Mathildes Vater, um diesen um die Hand seiner Tochter zu bitten.

Der Burgherr fiel aus allen Wolken. »Niemals wird meine Tochter Euch heiraten! Packt Euch aus unseren Mauern, sonst werdet Ihr es bedauern!«

Eppelein von Gailingen kochte vor Wut, zog aber ab. Zum Abschied drohte er dem Burgherrn an, sich trotzdem dessen Tochter zu holen. Denn die Schöne hatte sich ebenfalls in den wagemutigen Raubritter verliebt und war damit einverstanden. Wenige Tage später ließ sich Mathilde von einem verkleideten Knappen auf einem schicken Rappen entführen, und Eppelein von Gailingen drehte dem Burgherrn eine lange Nase.

Diesmal schäumten die Nürnberger Herren über vor Wut und machten sich an die Verfolgung des Raubritters. Schließlich gelang es ihnen, Eppelein von Gailingen zu fangen. Sie steckten ihn in das tiefste und finsterste Verlies in der Nürnberger Burg.

Dann kam der Tag, an dem der Raubritter gehängt werden sollte, und das Volk versammelte sich, um alles zu sehen. Eppelein von Gailingen durfte einen letzten Wunsch äußern – und das tat er auch: Er wollte auf seinem Pferd zum Galgen reiten.

Man brachte dem Räuber sein Pferd, das keinen anderen Reiter duldete, und er saß auf. Von allen bewundert, tänzelte das Ross mit seinem Herrn zum Galgen und drehte dort einige Runden. Mit einem Male gab Eppelein von Gailingen seinem Pferd die Sporen. Es galoppierte zur Mauer und sprang! Die Nürnberger Herren stürzten mit wütendem Geheul zur Mauer und schauten hinunter. Doch statt zweier Leichname erblickten sie in der Ferne Pferd und Reiter, wie sie fröhlich davongaloppierten.

Von diesem Tag an überfiel der Raubritter jeden Kaufmann, der mit seinen Waren nach Nürnberg reiste. Und seitdem gilt auch das Sprichwort: »In Nürnberg wird keiner gehangen, es sei denn, er wäre gefangen.«

Nusskaspar

Im Norden der Stadt Nürnberg lebte ein Gärtner namens Kaspar, der auf seinem Acker Knoblauch und anderes Gemüse zog. Aber auch Nussbäume, die besonders leckere Nüsse trugen, gehörten ihm. Deswegen nannten ihn seine Freunde und Nachbarn Nusskaspar.

Der Nusskaspar war trotzdem kein Glückspilz. Alles, was er anpackte, missglückte ihm. Durch seine Verluste machte er hohe Schulden. Auch die Menschen, mit denen er etwas zu tun hatte, brachten viel Unheil über ihn. Unwetter zerstörten seine Felder, und es gab sogar Neider, die ihm die Nüsse von den Bäumen schlugen und klauten.

Der Nusskaspar verzweifelte mehr und mehr. Seine Nachbarn jedoch hatten keine Probleme mit der Ernte und wurden immer reicher. Schließlich gab er sich keine Mühe mehr als Bauer, begann zu fluchen, statt zu beten, und trank mehr Wein und Bier, als ihm guttat. Er verlor sein Vermögen, und der Nusskaspar musste sich von anderen Leuten Geld leihen. Sein Land und Dinge aus seinem Haushalt verkaufte er, um diese Schulden begleichen zu können.

An einem Silvestertag war der Nusskaspar mal wieder lange unterwegs und hatte sich einen kräftigen Rausch angetrunken. Er taumelte den Berg hinauf zum Vestnertor der Nürnberger Burg. Dort machte er in der Nähe auf einem Stein eine Pause. Als er einschlief, träumte er so merkwürdige Dinge, dass er immer wieder aufwachte und über sein schweres Schicksal fluchte.

Als es vom nahen Sebaldusturm Mitternacht und damit die Geisterstunde schlug, wachte der Nusskaspar abermals schimpfend auf. »Will mich Gott nicht retten, so muss mir der Teufel helfen«, rief er in die Dunkelheit. Er stand auf und wollte gerade weitergehen, da setzte ihn ein Donnerschlag wieder auf seinen Hintern: Ein Mann in Jägerstracht stand plötzlich vor ihm.

»Alterchen, was treibst du in so einer kalten Nacht hier draußen?«, fragte ihn der Jägersmann.

Der Nusskaspar gab darauf keine Antwort, sondern fragte verwirrt und ängstlich: »Was wollt Ihr von mir?«

»Du hast um Hilfe gerufen«, antwortete der fremde Mann. »Ich helfe gerne, aber du musst mich noch einmal darum bitten.«

Der Nusskaspar jammerte über seine schlechte Ernte und sein ganzes Elend und sagte schließlich: »Ich bitte Euch, Herr, helft mir – und wärt Ihr der Teufel selbst! Mir ist es gleich, Gott hat mich ohnehin verlassen.«

»Nun wohl, ich helfe dir«, meinte der Jägersmann, »aber du darfst niemandem davon erzählen, weder einem Freund noch deinem Weib. Geh nun heim und pflücke von dem großen Nussbaum, der in der linken Ecke deines Gartens steht, so viele Nüsse, wie es dir beliebt. Sie werden sich in Gold verwandeln und dich reich machen. Aber wenn du auch nur ein Sterbenswörtchen von dieser Geschichte erzählst, wirst du wieder so arm und verzweifelt sein wie jetzt. Und auch wenn du gestorben bist, wirst du keine Ruhe finden. In jeder Silvesternacht wirst du umhergeistern, den Menschen goldene Nüsse anbieten und andere mit ins Unglück stürzen.«

Der Jägersmann verschwand, und jeder kann sich denken, dass es der Teufel selbst gewesen war. Der Nusskaspar aber ging mit schlotternden Knien heim, wo ihn sein zänkisches Weib empfing. Doch er blieb stumm und erzählte nichts.

Als sein Weib schlief, zündete der Nusskaspar eine Laterne an, stieg auf den besagten Nussbaum in seinem Garten und pflückte einige Nüsse. Als er wieder auf dem Boden stand, holte er die Nüsse heraus und siehe da: Sie hatten sich in pures Gold verwandelt! Der Nusskaspar versteckte seinen Schatz in der Scheune und ging zu Bett.

Am nächsten Morgen bezahlte er mit dem Schatz alle Schulden, und von nun an war er wieder reich. Doch leider vergaß er mit der Zeit, was er dem Jägersmann versprochen hatte. Eines Abends erzählt er seiner Frau, die nun nicht mehr zänkisch, sondern sehr zufrieden war, die ganze Geschichte.

Kaum war das geschehen, fand der Nusskaspar statt Geld in seinem Beutel nur noch Kohlenstaub und statt goldener nur noch gewöhnliche Nüsse. Voller Verzweiflung nahm er sich das Leben. Und am nächsten Silvesterabend stand zur Geisterstunde am nördlichen Tor ein kleines Bauernmännchen, das den Leuten jammernd Nüsse anbot.

Darüber unterhielten sich viele, viele Jahre später an einem Silvesterabend die Nürnberger Bürger. Sie saßen nahe des Vestnertores in einem Wirtshaus bei einem Krug Bier. Unter ihnen war auch ein redseliger, aber angesehener Zinngießermeister.

»So ein Blödsinn und Aberglaube«, schimpfte der Zinngießermeister.

»Gebt wohl acht«, ermahnte ihn ein belesener Werkzeugschmied. »Schließlich hat der Teufel schon Jesus in Versuchung geführt!«

»Das ist doch etwas ganz anderes«, rief der Zinngießer.

Da schlug es vom Kirchturm zwölf Schläge. Die Geisterstunde war angebrochen!

Der Zinngießer haute auf den Tisch und brüllte: »Damit ihr seht, dass ich recht habe, gehen wir jetzt zu dem Tor und überzeugen uns selbst. Ich verwette mein Hab und Gut, dass ich euch auslachen werde.«

Er nahm seine Pelzmütze und eilte hinaus, aber keiner der anderen folgte ihm.

Draußen war es stockfinster. Der Zinngießermeister stapfte durch den Schnee und meinte auf einmal, eine Gestalt zu sehen. Er blieb stehen, aber dann dachte er daran, dass seine Kumpanen ihn sicher verhöhnen würden, wenn er unverrichteter Dinge wieder in die Gaststube zurückkehrte. Also fasste er seinen ganzen Mut zusammen und ging weiter.

»Wer ist da?«, fragte er in die Dunkelheit.

Es kam keine Antwort, doch plötzlich tauchte ein kleines graues Männchen vor ihm auf. Es starrte ihn an und zeigte mit einem dürren Zeigefinger in ein Gefäß, das vor ihm stand.

Der Zinngießer hatte das Gefühl, seine Beine wären am Boden festgewachsen, und er murmelte schnell: »Alle guten Geister loben Gott den Herrn.«

Als würde jemand seine Arme lenken, griff er in das Gefäß und holte heraus, was er mit beiden Händen greifen konnte. Dann fiel er in Ohnmacht.

Kaum war er wieder bei Besinnung, schaute sich der Zinngießermeister furchtsam um. Das graue Männchen war nicht mehr zu sehen. Als er aber auf den Boden blickte, staunte er, denn dort lag funkelndes Gold! Schnell sammelte er es ein und eilte zurück ins Wirtshaus. Seine Kumpanen machten große Augen, als er das Gold auf den Tisch legte, und beglückwünschten ihn. Doch auch ein leichtes Grauen machte sich breit.

Der Zinngießer ging nach Hause, aber er fand keine Ruhe. Wie sollte er das erworbene Vermögen erhalten und mehren? Mit dem scheinbaren Glück war das Unheil in seine vier Wände eingezogen. Aus dem zufriedenen Menschen wurde ein meckernder Griesgram, der seine Arbeit nicht mehr liebte und den jede Fliege an der Wand störte.

Das Vermögen vermehrte sich leider nicht, sondern zerrann unter seinen Fingern. Und als er noch nicht mal mehr ein Bett besaß, war er des Lebens müde und starb.

Der geheimnisvolle Berg

Vom Kaiser-Karl-Berg, der zwischen Nürnberg und Fürth liegt, erzählten sich die Leute seltsame Dinge. Manchmal zum Beispiel sollte von dort oben ein wunderschöner Gesang erklingen. Eines Abends ging ein Nürnberger Bäckersjunge an dem Berg vorbei. Da tauchte ein Männlein vor ihm auf und sagte: »Bring ab morgen jeden Tag einen Korb mit Brot hierher. Dann wirst du hier einen Eingang sehen. Tritt ohne Furcht ein. Dein Brot wird dir bezahlt, und du erhältst auch Trinkgeld. Wenn du aber auch nur ein Wort davon verrätst, verlierst du dein Leben.«

Am nächsten Morgen gab der Bäckersjunge seiner Meisterin die Bestellung weiter und trug den mit Brot gefüllten Korb zum Berg. Tatsächlich war da auf einmal eine Öffnung, die er vorher noch nie gesehen hatte. Der Junge trat ein, und das Männlein kam ihm mit einem Licht entgegen. Er folgte ihm in ein prunkvoll ausgestattetes Gewölbe, in dem mehrere Männer in Rüstungen schliefen. Der Junge lud das Brot ab, erhielt von dem Männlein seinen Lohn und ging wieder zurück in die Stadt.

Zwei Tage lang ging es gut, doch am dritten Tag wollte die Meisterin wissen, wohin er denn das Brot bringe und wer ihn bezahle. Doch der Junge erwiderte nur, dass sie mit dem Geld zufrieden sein solle. Woher es komme, brauche sie nicht zu wissen.

Die Meisterin wollte es dennoch unbedingt wissen und schlich ihrem Lehrling nach, bis sie sah, dass er zum Berg wanderte. Als der Junge in die Bäckerei zurückkehrte, stellte sie ihn wieder zur Rede: »Ich weiß, dass du zum Kaiser-Karl-Berg gehst. Erzähle mir nun, wem du das Brot bringst, oder ich jage dich davon!«

Da erschrak der Junge und berichtete seiner Meisterin alles. Er klagte aber auch, dass er nun das Trinkgeld und wohl auch noch sein Leben verlöre.

Am nächsten Morgen ging er wieder mit dem Brot zum Berg, doch er kehrte nie mehr nach Hause zurück. Jede Spur von ihm war verloren. Aus dem Berg allerdings ertönte seitdem kein schöner Gesang mehr, sondern nur noch ein Weinen und Wehklagen.

Von Ruhm und Verrat

Heinrich Toppler war Bürgermeister von Rothenburg ob der Tauber und der reichste Mann in der Stadt. Er hatte eine schöne Frau und fünf prächtige Kinder. Zudem war er Hauptmann der verbündeten Städte in Schwaben und Franken und erlangte mit seinen Truppen großen Ruhm. Bis an den Rhein verfolgte er seine Feinde und zerstörte deren Burgen. Für seine Stadt tat er viel Gutes und ließ so manche Anlage errichten und erweitern. Die Fürsten und Herrscher im Umkreis schätzten Toppler, und das Volk liebte ihn.

Aber ein so glücklicher und mächtiger Mann findet auch schnell Neider, und es entstehen viele Gerüchte. So etwa flüsterten sich die Leute zu, der Bürgermeister habe ein geheimes Gefängnis eingerichtet. Dort sperre er gegen den Brauch der Stadt von ihm verurteilte Vasallen ein.

Andere Bürger behaupteten, der Bürgermeister habe betrunken mit dem Burggrafen von Nürnberg darum gewürfelt, wer demnächst Herr der Stadt Rothenburg sei. Toppler warf elf Augen, der Burggraf aber zwölf. Nun musste sich der Bürgermeister überlegen, wie er dem Burggrafen die Stadt übergeben konnte, ohne dass die Ratsherren dies bemerkten. Toppler beschloss angeblich, einige alte Türen der Stadtmauer einzureißen. So war die Stadt weniger gesichert und leichter zu erstürmen.

Als der Bürgermeister nun an einem Tag nach Ansbach gerufen wurde, läutete die Ratsglocke den Rat der Stadt zusammen. Man beschuldigte den Bürgermeister des Verrats und schickte ihm einen Reiter nach. Der holte ihn zurück in die Stadt.

Toppler wurde befragt, was einem Verräter der Stadt als Strafe gebühre.

»Er soll des Hungers sterben«, antwortete Toppler, der nichts Böses ahnte, wie die Sage erzählt.

Da ergriff man ihn und warf ihn in einen Kerker und ließ ihn hungern. Seine Ehefrau grub in ihrer Verzweiflung einen Gang von ihrem Haus zu dem Kerker, doch sie kam zu spät.

Viele hundert Jahre später fand man bei der Ausbesserung von Steinplatten in der Kirche unter dem schwersten Stein ein Gerippe ohne Sarg. Das könnten die Reste von Heinrich Toppler gewesen sein.

Von dem Reichtum des berühmten Bürgermeisters zeugt heute noch das Topplerschlösschen vor den Toren Rothenburgs, das auch »das kleinste Schloss der Welt« genannt wird.

Die schöne Serpentina

In dem Städtchen Dinkelsbühl lebten vor langer Zeit ein reicher Hopfenhändler mit seinem Sohn und ein habsüchtiger Bürgermeister mit seiner Tochter.

Die Tochter des Bürgermeisters mit Namen Serpentina war wohlgeraten und wunderschön. Das Gleiche galt für den Jüngling, der deswegen in der Stadt »der schöne Heinrich« genannt wurde. Die beiden jungen Leute verliebten sich ineinander, hielten ihre Liebe aber geheim. Der schöne Heinrich hatte wenig Hoffnung, dass sie jemals heiraten könnten, denn der Bürgermeister war sehr stolz und vornehm. Jeden Bewerber um die Hand seiner Tochter wies er ab, weil er ihm nicht gut genug war.

Eines Tages erzählte Heinrich seinem Vater dennoch von seinem Liebeskummer. Der Hopfenhändler sprach seinem Sohn Trost zu: »Ich habe keine berühmten Vorfahren, aber doch einen Sack voll Taler, die diese ersetzen werden.«

Daraufhin zog der Vater seinen hellblauen Samtrock mit den silbernen Knöpfen an, nahm seinen mit Silber beschlagenen Spazierstock und den Sack voll Taler. So ging er zum Bürgermeister. Der war außer sich vor Freude, vor allem über den Sack voll Taler, denn solch ein Reichtum war in seinen Augen tatsächlich viel mehr wert als berühmte Vorfahren.

Heinrich und Serpentina waren überglücklich und begannen mit den Vorbereitungen für ihre Hochzeit. Doch plötzlich erlitt der Hopfenhändler einen Schlaganfall und starb. Wie vom Blitz getroffen stand der arme Heinrich da, denn er hatte keine Ahnung vom Geschäft. Außerdem fand er in den Geschäftsbüchern nur ein Verzeichnis der ausstehenden Schulden, Dokumente über seinen Besitz hingegen nicht.

Der verstorbene Hopfenhändler wurde als Betrüger bezeichnet, und der arme Heinrich stand ohne Erbe da. Die Verlobung mit Serpentina wurde gelöst, und sein Zuhause musste nun verkauft werden. Verzweifelt beschloss Heinrich, seine Vaterstadt zu verlassen. Beim nächsten Gottesdienst betete der Pfarrer für einen Jüngling, der auf Reisen gehen wollte, und Serpentina vergoss bittere Tränen.

Heinrich nahm den Weg nach Nürnberg. Als er auf dem hohen Hesselberg ankam, machte er eine Pause und blickte zurück auf die Türme seiner Vaterstadt. Wehmütig setzte er sich auf die Steine eines alten Gemäuers und weinte.

Da entdeckte er auf einmal zu seinen Füßen eine kleine Schlange. Die Schlange war himmelblau und trug einen kleinen goldenen Gürtel um den Leib und ein goldenes Krönlein auf dem Kopf. Heinrich musste plötzlich an seine Verlobte denken und klagte: »Ach, Serepentina, meine schöne Serpentina, meine geliebte Serpentina!«

Die Schlange verschwand, und stattdessen stand mit einem Male eine Jungfrau in einem himmelblauen Gewand vor ihm. Sie trug einen kostbaren goldenen Gürtel um den Leib und eine kleine goldene Krone auf dem Kopf.

»Was wünschst du, Jüngling?«, fragte sie.

Der schöne Heinrich war sehr erschrocken über die Erscheinung und erwiderte: »Aber ich habe dich doch gar nicht gerufen!«

»Du hast doch dreimal meinen Namen genannt«, sagte die Jungfrau und lächelte freundlich. »Und hier bin ich.«

Sie setzte sich zu ihm auf den Stein und ermunterte ihn, ihr seine Geschichte zu erzählen.

Heinrich schüttete der Unbekannten sein Herz aus. Diese schüttelte den Kopf und sagte: »Wenn es weiter nichts ist, so will ich dir gerne helfen. Komm mit!«

Die Jungfrau nahm Heinrich an der Hand, zog ihn zu einem großen Stein und stieß mit dem Fuß gegen diesen.

Sofort öffnete sich eine Tür. Sie gingen zusammen hindurch und stiegen eine lange Steintreppe hinab in ein dunkles Gewölbe.

Die Jungfrau berührte eine Säule, und augenblicklich war das Gewölbe von vielen Kerzen erleuchtet. Heinrich sah, dass es sehr kostbar eingerichtet war, wie der Saal in einem Schloss. Sie schritten weiter in ein zweites Gewölbe, das war noch schöner als das erste. Hier standen mehrere große Kisten an den Wänden.

Seine Helferin ging zu einer der Kisten und öffnete sie. »Leere dein Felleisen und nimm dir alle Goldstücke aus dieser Kiste.«

Aus einer anderen Kiste holte sie einen aus Edelsteinen und Gold gefertigten Myrthenkranz und eine lange Schnur, an der hingen prächtige orientalische Perlen.

»Das ist der Brautschmuck meiner seligen Mutter«, sagte sie. »Nimm den Schmuck und gib ihn deiner Braut. Und für das Gold wirst du dein Erbe erhalten.«

Heinrich dankte der Jungfrau aus vollem Herzen und bat sie nun, ihm ihre Geschichte anzuvertrauen.

»Mein Vater war der berüchtigte Ritter Arno«, erzählte die geheimnisvolle Jungfrau. »Er hauste auf diesem Schloss und hatte seine Seele dem Teufel verkauft, um all diese Reichtümer zu bekommen. Meine Mutter erfuhr davon und betete verzweifelt zum Himmel, denn sie war schwanger mit mir. Als ich zur Welt kam, erschien ihr die Heilige Maria. Sie sagte: ›Wenn deine Tochter ihr Leben Gott und der Kirche weiht und niemals einem Mann ihr Herz schenkt, dann soll dein Mann von seiner Verdammnis erlöst sein.‹ Doch ich verliebte mich in den Ritter Bruno von Lenkersheim. An dem Tag, an dem wir uns verlobten, spaltete sich der Berg und verschlang das Schloss mit allem, was es enthielt. Mein Vater wurde von den höllischen Geistern durch die Luft entführt. Ich wurde in eine Schlange verwandelt und dazu verdammt, es hier auszuhalten, bis die Kiste, aus der du das Gold genommen hast, geleert sein wird. Nur einmal im Jahr darf ich meine frühere Gestalt annehmen, um Menschen wie dir, die ohne Verschulden in Not geraten sind, zu helfen.«

Die Jungfrau führte Heinrich wieder aus den Gewölben und dem Berg heraus.

»Nun geh und bezahle von dem Gold die Schulden deines Vaters«, sagte sie zum Abschied. »Hinter einem Bild in seinem Arbeitszimmer wirst du versteckte Dokumente finden. Sie beweisen die Unschuld deines Vaters und werden seine Ehre retten. Für mich lasse in der Kirche hundert Messen lesen. Bezahle jede mit einem Goldstück.«

Dann waren die Jungfrau und die Öffnung verschwunden.

Der schöne Heinrich wanderte guten Mutes zurück in die Stadt und tat, wie ihm geheißen. Er heiratete seine Serpentina, und zusammen waren sie sehr glücklich. Noch vor ihrem Tod gründeten sie ein Waisenhaus und beschlossen, dass die Waisenkinder alle Jahre am Todestag der Stifter ein Fest feiern sollten.

Der goldene Fuchs

Vor vielen Jahren stand neben einer Kapelle im Weiler Rothenbühl die Hütte eines armen Landmannes. Mit ganzer Kraft und viel Schweiß ernährte er gerade so seine Frau und eine große Kinderschar. Jeden Tag dankte die Familie dem Herrgott für das magere Mahl und bat ihn, auch weiterhin für Nahrung zu sorgen, damit alle Kleinen heranwachsen konnten.

Die Bitten wurden erhört: Eines Nachts erschien dem Familienvater im Traum eine Gestalt, die ihm riet, nach Regensburg zu reisen. Wenn er dort ankomme, solle er auf die große Brücke gehen, dort würde er Glück und Wohlstand finden.

Der Landmann erzählte seiner Frau davon, und beide lächelten darüber. Doch in der nächsten Nacht tauchte die Gestalt wieder in seinem Traum auf. Da begann der Mann nachzudenken, denn die Geschichte ging ihm nicht mehr aus dem Kopf. Seine Frau aber hatte Bedenken, so eine lange und gefährliche Reise wegen eines Traums zu wagen.

In der dritten Nacht erschien die Gestalt wieder und mahnte den Träumenden, sein Glück nicht zu vergeben. Sie nannte sogar einen bestimmten Tag, an dem er auf der Brücke sein sollte.

Jetzt konnte den armen Landmann nichts mehr halten. »Packe meinen Ranzen für die Reise, Frau. Diesem dreimaligen Wink des Himmels muss ich folgen.«

Seine Frau war nun auch davon überzeugt und bereitete alles vor. Und so wanderte der Landmann los Richtung Regensburg. Pünktlich am genannten Tag stand er auf der großen Donaubrücke und wartete. Jeden Reiter, Fußgänger und Wagen nahm er in Augenschein, ob von dort das angekündigte Glück komme. Doch niemand kümmerte sich um ihn, ein jeder eilte seinen Geschäften nach.

Der Mann wurde immer betrübter. Die Sonne brannte, doch er wagte nicht, sich in den Schatten zu stellen. Am Mittag aß er seinen Proviant auf und wartete geduldig weiter. Die Schatten wurden immer länger, der Nachmittag verging, und der Abend kam. Immer noch war nichts geschehen.

Als die Glocken des Doms zum Abendgebet läuteten, zog der traurige Landmann sein Käpplein ab und betete zum Herrn: »Ich will ja gerne arm bleiben, aber hilf mir und meiner Familie und bewahre mir Zufriedenheit und ein gutes Herz.«

Der Mann beschloss, die Brücke zu verlassen und sich eine Unterkunft für die Nacht zu suchen.

Da blieb ein reicher Bürgersmann vor ihm stehen und sprach ihn an. »Sag, guter Mann, schon zum dritten Male komme ich heute an dir auf der Brücke vorbei. Was tust du denn hier den ganzen Tag lang?«

Da fasste sich der Landmann ein Herz und erzählte von seinem Traum und von seinem Kummer über den Irrtum.

Der Bürgersmann lachte: »Träume sind Schäume! Wenn man deswegen immer eine Reise täte, dann hätte man viel zu tun. Erst gestern träumte mir, in einem Örtchen namens Rothenbühl läge unter einer Kapelle ein goldener Fuchs. Doch ich werde sicherlich nicht sofort zu einer Reise dorthin aufbrechen. Weiß Gott, wie viele Rothenbühls es gibt. Und was soll das überhaupt für ein goldener Fuchs sein? Geh lieber heim, das rate ich dir. Und wenn du gerne meinen goldenen Fuchs in Rothenbühl ausgraben möchtest, anstatt hier auf der Brücke auf einen Schatz zu warten, dann erlaube ich es dir.«

Der Landmann, der verwundert seinen Mund aufgesperrt hatte, bedankte sich herzlich. Nach einer kurzen Nacht voller aufgeregter Gedanken wanderte er beim ersten Sonnenstrahl zurück nach Hause. Dort packte er sofort Schaufel und Hacke und machte sich daran, am bezeichneten Ort zu graben. Und siehe da, nach kurzer Zeit blitzte ihm etwas entgegen: ein in Gold gearbeiteter Fuchs von schwerem Gewicht.

Nun war es wohl doch gut gewesen, die Reise zu wagen. Seine Familie jedenfalls musste fortan keine Not mehr leiden.

Glossar

Erklärung von Begriffen, die du vielleicht noch nicht kennst

Abt/Äbtissin – Leiter bzw. Leiterin eines Klosters

adlig – von sehr vornehmer Herkunft; Adelsfamilien herrschten früher mit dem König oder Kaiser über das Land.

Bischof – ein Kirchenmann, der ein Bistum verwaltet, also ein größeres Gebiet wie zum Beispiel die Stadt Würzburg und ihr Umland, in dem mehrere Kirchengemeinden liegen. Ein **Erzbischof** hat das Sagen über mehrere Bistümer. Ein **Fürstbischof** war früher ein Bischof, der auch viel Land besaß und darüber herrschte wie ein Graf oder Herzog.

Bruderschaft – Mönche eines Klosters

Dreißigjähriger Krieg – ein Krieg von 1618 bis 1648, in dem die Könige und Kaiser in Europa um die Macht im Heiligen Römischen Reich stritten und die Katholiken und Protestanten um die Religion.

Felleisen – Das Felleisen war der Ledersack des Reiters, der die Post beförderte. Der Sack wurde mit einem Eisen umschlossen und gesichert. Aber auch der Lederrucksack eines Handwerksburschen auf Wanderschaft hieß früher so.

Glücksblume – Jedem Menschen bringt eine andere Blume Glück, aber berühmt als Glücksbringer wurde das Kleeblatt. Wer eine verwunschene Tür öffnen möchte, sollte es mit seiner persönlichen Glücksblume versuchen.

Hellebardier – Das sind Soldaten, die früher eine lange Hiebwaffe, die Hellebarde, trugen. Der Kopf dieser Lanze sieht gleichermaßen wie ein Spieß und eine Axt aus. Es gibt auch heute noch Hellebardiere, nämlich die Schweizer Garde des Papstes.

Junker – ein junger Adliger

Kleinod – ein Schmuckstück mit einem besonderen Wert für den Besitzer

Knappe – Ein Junge aus adliger Familie wurde mit sieben Jahren Page und mit vierzehn Knappe bei einem Ritter. Ein Knappe bediente den Ritter und zog mit ihm in den Krieg. Mit einundzwanzig Jahren konnte ein Knappe dann zum Ritter geschlagen werden.

Kreuzzüge – Kriege im Mittelalter, zu denen die Päpste aufriefen, damit die Christen von Europa aus ins »Heilige Land« zogen, um in Jerusalem die christlichen Stätten zurückzuerobern und die Muslime dort zu vertreiben.

Markgraf – auch Grenzgraf genannt; dieser Graf erhielt vom König oder Kaiser Land an der Grenze des Reiches und war somit für die Verteidigung zuständig.

Ratsherr – Mitglied des Stadtrats, der für die Verwaltung einer Stadt zuständig ist. Der oberste Ratsherr ist der Bürgermeister.

Sakristan – ein Kirchendiener, heute eher Küster genannt

Sarazenen – Eigentlich waren die Sarazenen ein arabischer Volksstamm. Aber die Menschen im mittelalterlichen Europa nannten so alle Muslime, die mit ihren Schiffen über das Mittelmeer kamen, um neues Land zu erobern.

Tagelöhner – So nannte man früher Menschen, die keine feste Arbeit hatten. Sie suchten sich jeden Tag eine neue.

Türmer – Die Türmer hielten vom höchsten Turm der Stadt oder Burg aus Wache und bliesen in ihr Wächterhorn, wenn feindliche Truppen sich näherten oder ein Brand ausgebrochen war. In einigen Kirchen kann man noch Türmerwohnungen besichtigen.

Vasall – So bezeichnete man zu Ritterzeiten einen Adligen, der sich in den Dienst eines anderen Adligen stellte. So hatte der König als Vasallen Herzöge, Grafen und Fürsten.

Venezianer – früher wurden so fremde Erz- und Mineraliensucher genannt, die aus der damaligen Republik Venedig kamen.

Veste – älterer Name für Burg, Festung. Die Veste Coburg wird übrigens auch »Fränkische Krone« genannt.

Weiße Frau – Dieses Gespenst ist weiblich und von sehr vornehmer Herkunft. Deshalb spukt es auch ausschließlich in Burgen und Schlössern berühmter adliger Familien.

Zoll – Auch heute ist das noch so: Wenn Waren über eine Grenze geschafft werden, muss dafür eine Abgabe, nämlich Zoll, gezahlt werden.

Ausflugstipps zu sagenumwobenen Orten in Franken

Zu Besuch bei Familie Echter in Schloss Mespelbrunn

Das Wasserschloss liegt in einem Tal des Spessartwaldes. Es ist sehr gut erhalten, und du bekommst einen Eindruck davon, wie die Leute hier früher gewohnt haben. Im Rittersaal sind Waffen und Rüstungen ausgestellt. Doch du kannst dir nicht das ganze Schloss anschauen, denn hier leben noch echte Nachkommen des Fürstbischofs Julius von Echter!

Auf den Spuren des Fürstbischofs in Würzburg

Natürlich solltest du dir in Würzburg unbedingt die außergewöhnliche Christusfigur in der Neumünsterkirche anschauen. Wenn du dich danach auf die Spuren von Fürstbischof Julius Echter begeben möchtest, besichtige doch einmal die alte Universität oder das Juliusspital. (Das Spital besitzt übrigens ein berühmtes Weingut.). Oder besuche sein Denkmal auf der Juliuspromenade und sein Grab im Dom St. Kilian.

Schatzsuche auf Burg Altenstein

Auf der Burg Altenstein in den Haßbergen wohnten vor vielen Hundert Jahren tatsächlich mehrere Brüder und Vettern mit ihren Familien zur gleichen Zeit. Die spannenden Führungen durch die Burgruine erzählen dir von dem Leben damals. Und wer weiß: Vielleicht findet eines Tages ein Sonntagskind unter den Besuchern den hohlen Felsen in der Nähe der Burg!

Ohne Geister auf Burg Zabelstein

Eine schöne Wanderung durch den Steigerwald führt dich zur Burgruine am Zabelstein. Der hohe Turm neben der Burg bietet den Besuchern eine herrliche Aussicht. Im Sommer gibt es dort auch einen Getränkestand. Die Geister aber lassen sich, wie du weißt, nur Heiligabend sehen ...

Der Ochsenkopf und seine dunklen Wälder

Um den Ochsenkopf herum, den zweitgrößten Berg (1.024 Meter hoch) des Fichtelgebirges, kannst du lauter interessante Orte besuchen und spannende Abenteuer erleben: den Wildpark Mehlmeisel, die Sommerrodelbahn, den Bischofsgrüner Märchenwanderweg, den Hochseilgarten und vieles mehr. Und nebenbei natürlich nach wertvollen Steinen suchen!

Auf Gruselreise durch Bamberg

In Bamberg wird gespukt und gehext – und zwar nicht nur rund um den Dom, sondern auch in den vielen engen Gassen. Die Geschichten der mittelalterlich gekleideten Stadtführer bringen dich zum Gruseln und Staunen. Und auf die Spuren des Sams aus der Kinderbuchreihe und dem Film kannst du dich hier natürlich auch begeben!

Ahnenforschung auf der Plassenburg

Die mächtige Plassenburg, auf der die weiße Frau spukt, thront über der Stadt Kulmbach. Dem Gespenst wirst du, wenn du nicht gerade adliger Herkunft bist, nicht begegnen. Aber du kannst spannende Nachforschungen über die Familie der weißen Frau, die Hohenzollern, anstellen!

Verzwickte Kriminalfälle in Rothenburg ob der Tauber

Rothenburg ob der Tauber ist eine sagenhafte Krimistadt: Es gibt ein altes Verlies zu besichtigen und das Kriminalmuseum. Und während der Stadtführung »Abenteuer Mittelalter« für Kinder und Jugendliche begeben sich alle Beteiligten auf Spurensuche!

Verliese und Gemäuer der Nürnberger Burg

Hier erfährst du, wie die Mitglieder des kaiserlichen Hofstaates auf der Nürnberger Burg wohl so lebten. Du kannst auch die Befestigungsanlagen, unterirdischen Gänge und dunklen Verliese erforschen. Ritter Eppelein von Gailingen sprang auf der Flucht mit seinem Ross über die hohe Mauer dieser Burg. Das allerdings sollte niemand nachmachen!

Der Berg eines Kaisers

Im Kaiser-Karl-Berg sollte einst der Kaiser auf die Wiederauferstehung seines Reiches warten. (Einer anderen Sage nach war das allerdings der Ochsenkopf!). Eine Zeit lang wurde der Kaiser im Berg, wie man erzählt, von dem Bäckersjungen mit Brot versorgt. Du gelangst dorthin, wenn du dem Radweg aus Fürth über den Karlsteg folgst, der Brücke über den Fluss Pegnitz.

Autorin und Illustratorin

Die Autorin: Susanne Rebscher, geboren 1966, arbeitet als Lektorin und Kinderbuchautorin. Mit ihren mehrfach ausgezeichneten Sachbüchern bringt sie ihren jungen Lesern vergangene Zeiten auf besondere Art näher und zeigt auf spannende Weise immer wieder: Geschichte lebt und ist ein Teil von uns.

Die Illustratorin: Sibylle Vogel ist in Mainz, Berlin und Wien aufgewachsen. Heute lebt sie als freischaffende Illustratorin in Wien. Für ihre Werke wurde sie schon mehrfach ausgezeichnet. Sie ist Mitbetreiberin der KABINETTpassage für Comic und Artverwandtes im Museumsquartier in Wien.

Bibliografische Information der Deutschen Nationalbibliothek
Die Deutsche Nationalbibliothek verzeichnet diese Publikation in der Deutschen Nationalbibliografie; detaillierte bibliografische Daten sind im Internet über http://dnb.d-nb.de abrufbar.

Umschlaggestaltung: Sibylle Vogel, Wien

Lektorat: Ulrike Reinen, Köln
Satz und Gestaltung: Silke Nalbach, Mannheim
Illustrationen: Sibylle Vogel, Wien

Druck und Bindung: Belvédère B.V.,
Printed in Slovakia

ISBN 978-3-7408-0103-8